김경미의 김치 레시피북

김경미의 김치 레시피북

김경미

행복우물

목차

1장 : 김치

*호박고구마

목
차

2장 : 겉절이

3장 : 김치활용 요리

1장 :

김치

무껴 통배추김치

재료

통배추 1포기 (절임소금 1.5컵)	쪽파 50g
무 1/2개 (절임소금 1/2컵)	미나리 50g
된 찹쌀죽 1/2컵	갓 50g
고춧가루 1컵	불린 청각 30g
마늘 30g	멸치액젓 1/3컵
깐 생강 7g	새우젓 1/3컵
양파 50g	생새우 30g

담그는 법

1 배추를 4쪽으로 갈라서 소금물에 5~6시간 절인 후 씻어 소쿠리에 건진다.

2 무는 배추의 줄기 두께(5mm)로 길고 넓게 썰어 소금으로 짜지 않게 절여둔다.

3 무를 절이고 나온 국물은 된 찹쌀죽에 더해서 함께 양념 할 수 있도록 깨끗하게 씻어서 절인다.

4 쪽파, 미나리, 갓은 다듬어 씻은 후 4cm 길이로 썰어 둔다.

5 블렌더에 마늘, 생강, 양파, 불린 청각, 멸치액젓을 넣고 곱게 갈아둔다.

6 찹쌀죽에 무 절인 물을 섞고, 고춧가루와 간 양념, 생새우, 새우젓을 더해 고루 섞는다.

7 썬 채소류를 6의 양념에 더해 고루 버무린다.

8 섞은 양념에 절인 무를 넣어 고루 버무려서 잘 어우러지게 한다.

9 배추의 갈피 사이에 양념에 버무린 무를 켜켜로 끼워 넣고 겉잎으로 잘 싸서 김치통에 눌러 담아 익힌다.

무켜 통배추김치는?

찬 성질은 갖는 배추와 따뜻한 성질을 갖는 무
와의 어울림이 잘 이루어진 우리 김치의 새로
운 방법인 무켜통배추김치이다.

1 무채를 썰어야 하는 번거로움도 없고, 먹을
   때에도 섞어진 양념과 함께 무채가 지저분
   하게 남지도 않아서 깔끔합니다.
2 통배추김치에서 무채가 부재료로써가 아니
   라 준 재료로 더해지므로 시원한 맛과 영양
   을 더 할 수 있습니다.
3 배추가 비싼 때에 무가 배추와 함께 켜를
   이루어 만들어지므로 김치의 양이 1.5배 이
   상 늘어나게 되어 경제적입니다.

무껴 백김치

재료

통배추 1포기(절임소금 1.5컵)	배 1/3개
무 1/2개(절임소금 1/2컵)	대추 2개
실고추 2g	밤 2개
쪽파 35g	석이 1장
미나리 35g	국물 : 물 2컵, 무 100g, 배 1/2
갓 35g	개, 마늘 40g, 생강 10g, 새우젓
새우젓국 1큰술	2큰술, 소금 2큰술

담그는 법

1 배추를 4쪽으로 갈라서 소금물에 5~6시간 절인 후 씻어 소쿠리에 건진다.

2 무는 배추의 줄기 두께(5mm)로 길고 넓게 썰어 소금으로 짜지 않게 절여둔다.

3 쪽파와 미나리, 갓은 4cm 길이로 썰고, 배와 대추, 밤, 석이 는 가늘게 채썰어 둔다.

4 절인 무에 실고추를 넣어 버무려 빛깔을 내어 둔다. (소금 간은 기호에 따라 가감한다.)

5 썬 양념류를 모두 무에 넣어 섞어둔다.

6 국물의 재료를 모두 섞어 블렌더에 넣고 곱게 갈아서 면
  보자기로 국물을 걸러 둔다.

7 잘 절여진 배추의 갈피 사이에 절인 무와 채썬 양념류를
  켜켜로 끼워 넣고 겉잎으로 잘 싸서 김치통에 눌러 담고
  걸러 둔 국물을 자작하게 부어 익힌다.

백김치

재료		
	통배추 1포기(절임소금 1.5컵)	새우젓국 1큰술
	무 1/3개	배 1/3개
	실고추 2g	대추 2개
	마늘 30g	밤 2개
	생강 7g	석이 1장
	쪽파 30g	국물 : 물 2컵, 새우젓 2큰술, 배
	미나리 30g	1/2개, 소금 1큰술
	갓 30g	

담그는 법

1 배추를 4쪽으로 갈라서 소금물에 5~6시간 절인 후 씻어 소쿠리에 건진다.

2 무와 배는 5cm 길이로 곱게 채를 썰어 실고추로 버무려 고운 빛깔을 내어 둔다.

3 마늘과 생강, 대추와 밤은 곱게 채를 썰어 무채에 더한다.

4 쪽파, 미나리, 갓은 4cm 길이로 썰어 무채에 더하고 새우 젓 국물을 넣어 버무려서 백김치의 소를 만들어둔다.

5 국물의 재료를 블렌더에 넣고 곱게 갈아 면보자기에 꼭

짜서 국물을 걸러 둔다. (소금간은 기호에 따라 가감해도 된다.)

6 잘 절여진 배추의 갈피 사이에 버무려 둔 소를 고르게 넣고 겉잎으로 잘 싸서 김치통에 눌러 담고 걸러 둔 국물을 자작하게 부어 익힌다.

백김치는?

백김치는 고춧가루가 들어가지 않는 김치를 통칭해서 말하며 예전에는 주로 북쪽의 평안도에서 담가 먹던 김치이다. 하지만 지금은 자극적이지 않은 김치를 찾는 환자들이나 어린이들, 혹은 별미로 찾는 김치로 전국 각지에서 즐겨 먹고 있다. 매운 음식을 먹지 못하는 외국인들에게도 권할 수 있는 적당한 김치이다.

고춧가루와 강한 젓갈을 거의 넣지 않고 담그기에 버섯이나 견과류 등 귀한 재료로 맛과 모양, 영양을 살려 담그는 고급 김치이다.

보 김치

재료

통배추 2포기 (절임 소금 3컵)	불린 표고버섯 20g
무 1/2개	석이버섯 채 5g
고춧가루 1컵	깐밤 4개
실고추 약간	대추 2개
마늘 40g	굴 150g
생강 10g	낙지 1마리
대파 1뿌리	새우젓 1/2컵
쪽파 50g	잣 2큰술
미나리 50g	설탕 약간
갓 50g	국물 : 물 5컵에 새우젓 3큰술
배 1/2개	을 넣고 끓여 거른다.

담그는 법

1 통배추는 넓은 잎이 부서지지 않게 소금물에 나른하게 잘 절여 씻어 건져서 속과 줄기 부분은 3cm 크기로 썰어둔다.

2 무와 배는 나박썰기를 하고, 대파는 3cm로 채 썰고, 미나리, 갓, 쪽파는 다듬어서 씻은 후 3cm의 길이로 썬다.

3   밤은 반은 채, 반은 나박썰기를 하고, 마늘과 생강은 다진
    다.

4   불린 표고버섯과 석이버섯, 대추는 곱게 채 썰고, 새우젓
    은 곱게 다진다.

5   낙지와 굴은 깨끗이 손질하여 씻은 후 낙지는 3cm 길이로
    썰어 둔다.

6   썬 배추, 무, 배, 나박 썬 밤은 고춧가루와 실고추로 살살
    버무리고, 준비한 마늘, 생강, 대파, 쪽파, 미나리, 낙지, 굴
    을 넣고 다진 새우젓으로 버무려 간을 맞춘다. (설탕은 기
    호에 따라 넣는다.)

7   넓은 배춧잎 3~4장을 보시기에 겹쳐 깔고 버무린 재료를
    어우러지게 담은 후에 채썬 밤, 대추, 석이, 잣으로 고명을
    얹어서 야무지게 싸고 김치통에 담아 새우젓 달인 국물
    을 부어 익힌다.

보 김치는?

보김치는 잎이 넓은 배추가 있었던 북쪽의 개
성지방에서 담가 먹던 김치이다.
싱싱한 해산물과 견과류, 버섯 등의 고급 재료
들을 섞어 버무린 후 넓은 배춧잎으로 싸서 담
가 익혀 먹는다. 최근에는 어느 지방에서나 귀
한 상차림에는 거의 빠지지 않는 고급 김치로
알려져 있다.

서울식 통배추 김치

재료

통배추 1포기(절임소금 3컵)	미나리 30g
무 1/4개	갓 30g
배 1/3개	굴 50g
고춧가루 1.5컵	황석어 액젓 1/3컵
실고추 약간	새우젓 1/4컵
다진 마늘 30g	김칫국물 : 물 2컵, 황석어 액젓
다진 생강 7g	1큰술, 소금 1작은술, 고춧가루
쪽파 30g	1/2큰술
대파 20g,	

담그는 법

1. 통배추는 4 등분하여 소금물에 6~8시간 절여 씻어 건진다.
2. 무와 배는 5cm 길이로 채 썰어 분량의 고춧가루로 버무려 두고, 기타 채소류는 4cm의 길이로 썰어 둔다.
3. 굴은 소금물에 씻어 건진다.
4. 썬 재료와 다진 마늘, 다진 생강, 젓국을 무채에 넣고 양념으로 버무려 간을 맞춘 후 절인 배추의 갈피마다 고르게

속을 넣어 김치통에 차곡차곡 담는다.

5 김칫국물을 만들어 붓고 익힌다.

서울식 통배추김치는?

서울지방에서는 맵거나 짜지 않고 시원한 김치를 담가 먹었다. 젓갈은 주로 새우젓이나 황석어젓, 조기젓 등을 넣는다. 김치를 담근 후에 김칫국물을 만들어 자작하게 부어서 익힌다.

섞박지

재료		
	배추속대 1kg (절임소금 1/3컵)	쪽파 30g
	무 600g	미나리 40g
	고춧가루 1/2컵	갓 50g
	실고추 5g	낙지 1/2마리
	다진마늘 50g	생굴 100g
	다진생강 15g	새우젓 2큰술
	대파 10g	다린 황석어젓 1/2컵

담그는 법

1. 배추는 소금에 잘 절여서 씻어 헹군 후 나박나박 썰고, 무도 4cm 크기로 나박나박 썬다.
2. 쪽파, 미나리, 갓은 씻어서 3cm의 길이로 썬다.
3. 굴은 소금물에 씻어서 건지고, 낙지는 소금으로 문질러 씻어 3cm의 길이로 썬다.
4. 대파는 3cm 길이로 굵게 채를 썰고, 새우젓은 다진다.
5. 썬 무와 배추는 먼저 고춧가루로 버무리고 기타의 양념류를 모두 섞고, 젓갈로 간을 맞춘 다음 김치통에 담아 익힌다.

섞박지는?

섞박지는 김장김치가 익기 전에 먼저 익혀 먹을 목적으로 담그는 김치를 말한다.

한입 크기로 먹기 좋게 썬 배추와 무에 신선한 해산물을 넣고 싱싱하게 담근다. 그러기에 발효가 잘되어 빨리 먹을 수 있고 썰어서 담그기 때문에 익은 후에 도마와 칼이 필요 없이 바로바로 먹을 수 있는 먹기 쉬운 김치이다. 하지만 맛은 어느 김치에도 뒤지지 않을 만큼 맛있다.

굴깍두기

재료

무 1개 (1.5kg)	쪽파 30g
고춧가루 1/2컵	미나리 30g
실고추 2g	갓 30g
마늘 30g	새우젓 1/2컵
생강 7g	소굴(알이 작은 굴) 1컵

담그는 법

1. 무는 2cm의 정육면체로 썰어 고춧가루를 뿌려 버무려 둔다.
2. 새우젓과 마늘, 생강은 다지고, 쪽파와 갓, 미나리는 2cm 길이로 썬다.
3. 소굴은 소금물에 흔들어 씻어 망체에 건져 둔다.
4. 고춧가루가 잘 섞여서 붉은색이 곱게 물든 무에 다지고 썬 양념류를 섞어 소금으로 부족한 간을 맞춘다.
5. 마지막으로 깍두기에 실고추와 굴을 섞어 살살 버무려 완성한다.

굴깍두기는?

굴은 알이 크고 굵은 것 보다는 작은 것을 선택하는 것이 깍두기 담그기에
좋다.

나박김치

재료

무 200g	대파 30g
배추속대 300g (절임 소금 2큰술)	마늘 20g
	생강 5g
배 30g	김칫국물 : 물 5컵, 고춧가루 2큰술, 소금 1큰술
미나리 50g	
실고추 4g	

담그는 법

1 무는 0.4cm 두께, 2.5×2.5cm 크기로 썰고 배추도 깨끗이 씻어서 같은 크기로 썰어 소금에 절여둔다.

2 배는 무와 같은 크기로 썰어 둔다.

3 대파, 마늘, 생강은 2cm 길이로 곱게 채를 썰고, 실고추는 2cm 길이로 썰어 둔다.

4 무와 배추가 절여졌으면 배와 실고추를 넣어 고루 버무려 빛깔을 내준 후 나머지 양념을 모두 섞고 김칫국물을 걸러 부어준다.

5 완성된 나박김치를 김치통에 담아 익힌다.

6 미나리는 줄기만 다듬어서 2.5cm 길이로 썰어 나박김치가

익으면 넣어 맛과 빛깔, 향을 낸다.

고들빼기 김치

재료

고들빼기 1kg (물 10컵＋소금1컵)	다진 마늘 100g
쪽파 300g	간 생강 25g
찹쌀풀 1컵	사과 50g
조청 1컵	배 50g
고춧가루 1컵	멸치액젓 1/2컵
	통깨 3큰술

담그는 법

1 고들빼기는 깨끗이 다듬어서 소금물에 담가 무거운 것으로 3일 정도 눌러 두어 삭힌다.

2 거무스름하게 잘 삭은 고들빼기를 깨끗이 씻어 물기를 거두어 둔다.

3 쪽파는 다듬어 씻어둔다.

4 되직한 찹쌀풀에 조청과 멸치액젓을 섞어 고춧가루를 섞어 불려둔다.

5 풀물에 다진 마늘과 간 생강을 고루 섞고, 사과와 배를 갈아 더해 준 후 고들빼기와 쪽파를 넣고 버무려 통깨를 섞어준 후 김치통에 담아 익힌다.

돌산갓김치

재료	돌산갓 4kg (절임용 소금 1컵)	갈치속젓 1컵
	쪽파 200g	새우젓 1/2컵
	찹쌀풀 2컵(물 2컵+찹쌀가루 5큰술)	굴 200g
	고춧가루 2컵	생새우 200g
	마늘 100g	청주 1/4컵
	생강 25g	깐 밤 8개
		통깨

담그는 법

1 돌산갓을 깨끗이 씻어 소금에 살짝 절여 씻어두고, 쪽파도 다듬어 씻어둔다.

2 밤은 가늘게 채 썰어 둔다.

3 청주와 갈치속젓, 새우젓, 마늘, 생강, 굴, 생새우를 블렌더에 넣고 곱게 갈아서 고춧가루와 찹쌀풀을 섞어 양념을 만들어 둔다.

4 돌산갓과 쪽파를 더해서 만들어 둔 양념을 넣고 고루 버무린다.

5 갓김치를 김치통에 차곡차곡 담을 때 밤채와 통깨를 사

이사이에 흩뿌려 넣는다.

홍갓 김치

재료		
홍갓 500g (굵은소금 1/2컵)	고춧가루 1컵	
쪽파 250g	실고추 약간	
무 200g	다진 마늘 3큰술	
배 1/4개	간 생강 1큰술	
밤 3개	멸치액젓 1/2컵	
굴 1/2컵	잣 약간	
찹쌀풀 1/2컵		

담그는 법

1 줄기가 연하고 보랏빛의 갓을 선택하여 깨끗이 씻어 푹 절인다.

2 쪽파는 깨끗이 다듬어 씻고, 밤과 배는 나붓나붓 썬다.

3 굴은 소금물에 씻어 건지고, 무는 나박나박 썰어 고춧가루와 소금을 살짝 뿌려 버무려 둔다.

4 멸치액젓에 찹쌀풀, 고춧가루, 실고추, 다진 마늘, 간 생강을 넣어 잘 섞은 다음 갓과 쪽파를 넣어 버무린다.

5 절인 갓과 생 쪽파를 함께 길게 잡아 밤과 배, 굴을 소로 하여 매듭을 지어 김치통에 켜켜로 담아 익힌다.

6   고춧가루와 소금에 버무린 무는 사이사이에 넣는다.

동치미

재료

동치미용 무 4kg(절임소금 1컵)

통배추 1/4통(절임소금 1/4컵)

배 1개

마늘 20g

생강 5g

쪽파 50g

갓 50g

대파 뿌리 50g

삭힌 고추 10개

불린 청각 50g

양파 100g

동치미국물 : 물 15컵, 소금 1컵

담그는 법

1 동치미 무를 상처 없이 씻어서 100g의 천일염을 비비듯 묻혀 8시간쯤 두고, 통배추도 천일염을 30g 뿌려 8시간쯤 절여 씻어 건져 둔다.

2 마늘과 생강은 편으로 썰고, 대파 뿌리는 깨끗이 씻고, 양파는 반으로 잘라둔다.

3 분량의 물에 천일염을 넣고 잘 녹여가며 30분 정도 끓여 차게 식힌다.

4 베주머니에 편으로 썬 마늘과 생강, 대파 뿌리, 불린 청각, 양파를 넣어 묶어 둔다.

5 쪽파와 갓을 타래로 묶어 넣고, 삭힌 고추도 준비해둔다.

6 김치통에 절인 무와 배추를 넣고 양념을 넣은 베주머니, 쪽파, 갓, 삭힌 고추, 배를 통째로 넣는다.

7 김치통에 동치미 국물을 부어 재료들이 잘 잠길 수 있도록 눌러 익힌다.

* 삭힌 고추는 풋고추를 5%의 소금물에 푹 담가서 한 달 이상 숙성시켜 만든다.

장김치

재료		
배추속대 300g		배 1/2개
무 200g		밤 3개
진간장 1/2컵		표고버섯 2장
대파 흰 부분 1뿌리		석이버섯 2장
마늘 10g		실고추 2g
생강 3g		설탕 1큰술
갓 15g		잣 1큰술
미나리 15g		김칫국물 : 물 3컵, 소금 약간

담그는 법

1. 배추는 속대를 선택하여 사방 3㎝의 길이로 잘라서 간장을 부어 절인다.
2. 배추가 나른하게 절여지면 무도 같은 크기로 얄팍하게 썰어 배추 옆편에 넣어 절인다.
3. 배와 밤은 무와 비슷하게 나붓나붓 썰고, 미나리와 갓은 3㎝의 길이로 썰어둔다.
4. 대파 흰 부분은 3㎝ 길이로 썬 후에 곱게 채 썬다.
5. 석이와 표고버섯, 마늘, 생강은 곱게 채 썬다.

6 배추와 무가 다 절여졌으면 간장 물을 따라내어 물 3컵을 섞고 설탕을 넣어 빛깔과 간을 맞춘다.

7 준비한 양념류를 절인 무와 배추에 더해 섞고 살살 버무려 김치통에 담고 6의 간장 물을 붓는다.

8 기호에 맞게 설탕과 소금으로 부족한 간을 맞추고 완성한다.

배김치

재료

큰 배 3개

통배추 속대 500g (절임 소금 30g)

무 200g (절임 소금 15g)

홍고추 1개

쪽파 10g

마늘 10g

생강 3g

미나리 10g

갓 10g

석이버섯 2g

소금

담그는 법

1 통배추는 잎을 떼어 소금을 뿌리고 물 1컵을 더해 뒤적여 두고 절인 후 헹궈 건진다.

2 무는 4mm 두께로 넓게 저며 소금을 솔솔 뿌려 절여 건진다.

3 배는 위와 아래를 반듯하게 잘라내고 가운데 씨 부분을 직경 5cm로 맞 뚫리게 파낸다.

4 파낸 배의 살 부분을 도려내어 마늘과 생강을 더해 블렌더에 곱게 갈아 걸러 양념즙을 만들어 둔다.

5 홍고추는 씨를 털어 4cm 길이로 곱게 채 썰고, 미나리와 쪽파, 갓도 같은 길이로 썰어 둔다.

6 양념 즙에 소금으로 간을 맞추고 홍고추 채, 미나리 쪽파 석이 채를 더해 버무려 둔다.

7 버무린 양념과 배추, 무를 비무려 차곡차곡 겹쳐서 배의 구멍에 채워 넣는다.

8 김치통에 속 채운 배를 가지런히 놓고 소금물 농도를 1% 로 맞추어 부어 익힌다.

알타리 김치

재료   총각무 3kg (절임소금 1컵, 물 10컵)

쪽파 150g

양념 : 고춧가루 200g, 흰밥 100g, 물 1/2컵,

새우젓 200g, 멸치액젓 100g, 청각 150g, 배 1/4개, 사과 1/4개, 깐마늘 100g, 깐 생강 25g, 매실청 50g

담그는 법

1 알타리무는 깨끗이 다듬어 씻은 후 분량의 소금물에 서너 시간 절여 씻어 건진다.

2 쪽파는 다듬어 씻어둔다.

3 고춧가루를 제외한 양념을 블렌더에 넣고 갈은 후에 남겨둔 고춧가루를 섞는다.

4 알타리무에 3의 양념을 넣고 잘 버무리고 쪽파도 넣어 잘 섞어 함께 묶어 김치통에 담아 익힌다.

알타리 물김치

재료

알타리 2kg	마늘 50g
쪽파 100g	생강 15g
양파 300g	찹쌀 풀물 : 찹쌀가루 1/2컵, 물
홍고추 5개	3컵, 소금 1컵, 설탕 2큰술

담그는 법

1 알타리는 깨끗이 다듬어 먹기 좋게 잘라 씻어둔다.

2 홍고추는 씨를 빼고 어슷하게 썰고, 쪽파도 씻고 양파도 다듬어 씻은 후 큼직하게 썰어 둔다.

3 마늘과 생강은 나붓나붓하게 썰어 둔다.

4 냄비에 분량의 재료를 섞어 찹쌀풀을 쑨다.

5 찹쌀풀이 따끈할 때 준비된 재료들을 켜켜로 번갈아 담아가며 사이사이에 뿌려 절여질 수 있도록 해둔다.

6 채소가 나른하게 절여지면 김치통에 옮겨 담고 소금물을 연하게 만들어서 자작하게 부어 익힌다.

레몬백김치

재료

통배추 1키로(물 1kg, 소금 100g)

무 1키로(물 100g, 소금 30g, 설탕 80g)

대추채 50g

잣 5g

김칫국물 : 물 500g, 배 100g, 양파 50g, 무 100g, 레몬 1개, 마늘 30g, 생강 10g, 소금 (블루베리 등의 컬러 과일즙을 더해서 무를 절여도 좋다)

담그는 법

1 통배추는 초록색 겉잎을 제하고 잎을 분리하여 분량의 소금물에 서너 시간 절여서 씻어 건져 둔다.

2 무는 길게 얄팍하게 썰어서 분량의 절임 물에 뒤적여 10분 정도 절인다.

3 김칫국물이 재료들을 분량대로 섞어 블렌더에 곱게 갈아서 면보자기에 거른 후에 소금으로 간을 맞추어둔다.

4 홍고추와 풋고추를 씨를 털어내고 4cm 길이로 가늘게 채 썰어 둔다

5 씻어 건진 배추에 절인 무를 켜켜로 넓게 펴서 김치통에 넣고, 사이사이에 채 썬 홍고추, 채 썬 풋고추, 대추채, 잣을 뿌려 섞고 만들어 둔 국물을 부어 완성한다.

쪽파김치

재료		
쪽파 1kg	생강 15g	
멸치액젓 2/3컵	사과 100g	
매실청 1/2컵	배 200g	
찹쌀죽 1컵 (물 2컵, 불린 찹쌀 1/4컵)	청각 50g	
고춧가루 1컵	황석어젓 1/4컵	
마늘 50g	볶은 통깨 1/3컵	

담그는 법

1. 깨끗이 다듬어 씻어 물기를 빼둔 쪽파에 멸치액젓과 매실청을 부어 뒤적이며 절여 둔다.
2. 찹쌀죽을 되직하게 끓여둔다.
3. 절여둔 쪽파에서 나온 젓국물을 따라내어 블렌더에 붓고 깐 마늘과 생강, 사과, 배, 청각을 썰어 넣고 곱게 간다.
4. 갈아둔 재료에 고춧가루와 황석어젓을 더하여 고춧가루를 불려둔다.
5. 불린 양념을 쪽파에 넣어 살살 버무리고 통깨를 뿌려 김치통에 담아 익힌다.

된장 갓김치

재료

돌산갓 2kg

소금물 (굵은소금 1컵, 물 2컵)

양념 : 찹쌀죽 (찹쌀 50g, 다시마 5×5cm,

물 2컵), 멸치액젓 1/3컵, 고춧가루 2컵,

된장 1/2컵, 쪽파 50g, 다진 마늘 40g,

다진 생강 10g

담그는 법

1 갓은 깨끗이 씻어서 소금물을 뿌려 30분쯤 살짝 절인 후 헹구어 물기를 거두어 둔다.

2 분량의 재료로 찹쌀죽을 쑤어 된장을 곱게 걸러 섞어준다.

3 된장 찹쌀죽에 멸치액젓, 고춧가루, 다진 마늘, 간 생강을 넣어 고루 섞어준다.

4 절여 둔 갓을 양념에 담갔다 건지는 방법으로 양념을 하여 김칫통에 차곡차곡 담아 익힌다.

호박고구마로 맛을 낸 무김치

재료

무 3.5kg

호박고구마 800g

양념 : 호박고구마 200g, 양파 400g, 다시마우린 물 2컵, 고춧가루 2컵, 다진 마늘 200g, 간

생강 50g, 쪽파 300g, 미나리 200g, 갓 200g, 새우젓 1/2컵, 멸치젓 1/2컵, 매실청 1/4컵, 굴 200g

담그는 법

1 무와 고구마는 1×1×4cm 크기로 썰어 둔다.

2 양념의 호박고구마와 양파를 잘게 썰어 블렌더에 넣고 다시마 우린 물로 곱게 간다.

3 간 것을 냄비에 붓고 저어가며 끓여 죽을 만든다.

4 굴은 소금물에 흔들어 씻어둔다. (만약, 자연산 작은 굴이 없을 때는 곱게 갈아둔다.)

5 쪽파, 미나리, 갓은 다듬어 씻은 후 4cm 길이로 썰어 둔다.

6 큰 볼에 썬 무와 호박고구마를 넣고 고춧가루로 버무려 둔다.

7 미리 만들어 둔 죽에 다진 마늘, 간 생강, 새우젓, 멸치젓, 매실청을 더해서 버무려 둔다.

8 무와 고구마에 고춧가루 색이 입혀지고 잘 퍼져있으면 섞
   은 양념을 넣어 고루 버무리고 마지막에 굴을 넣어 김치
   통에 담아 익힌다.

무채김치

재료

무 2kg	쪽파 30g
배 1/3개	갓 50g
고춧가루 1컵	다진 마늘 30g
황석어젓 1/2컵	간 생강 7g
새우젓 1큰술	소금
대파 흰부분 20g	

담그는 법

1 무는 깨끗이 씻어 5cm 길이로 도톰하게 채를 썬다.

2 배도 껍질을 벗겨 같은 굵기로 채를 썬다.

3 대파는 5cm 길이로 채를 썰고, 쪽파와 갓도 같은 길이로 썬다.

4 무와 배의 채에 고춧가루를 넣고 버무려 물들인 후 젓갈과 양념류를 넣고 고루 버무린다.

5 부족한 감은 소금으로 하여 김치통에 담고 익힌다.

배 깍두기

재료

배 2개

배추속대 100g (물 1/2컵, 소금 1큰술)

고춧가루 1/4컵

실고추 1g

새우젓 1큰술

쪽파 20g

미나리 20g

갓 20g

다진마늘 20g

간 생강 5g

담그는 법

1 배는 껍질을 벗기고 씨를 제거하여 2cm 크기의 정육면체로 썬다.

2 배추속대는 부드럽게 절여 헹궈 건져 2.5cm 크기로 썰어둔다.

3 큰 볼에 배와 배추를 넣고 고춧가루를 더해 까부르듯이 버무려 둔다.

4 쪽파와 미나리, 갓도 3cm 길이로 썰어서 배에 섞어둔다.

5 새우젓은 곱게 다져 마늘, 생강, 실고추와 함께 섞어 버무린다.

6 부족한 간은 소금으로 하고 김치통에 담아 익힌다.

늙은호박김치

재료		
늙은 호박 2kg (소금 1컵)		다진 마늘 80g
배추 우거지 1kg (소금 1/4컵)		간 생강 20g
무청 1kg (소금 1/4컵)		황석어젓 1/2컵
대파 3뿌리		새우젓 1/2컵
고춧가루 2컵		소금

담그는 법

1 늙은 호박은 껍질을 벗기고 속을 긁어내서 한입 크기로 큼직큼직하게 썰어 소금을 뿌려 절인다.

2 배추 우거지와 무청도 한입 크기로 썰어서 소금을 뿌려 절여둔다.

3 대파는 어슷어슷 썬다

4 절인 호박의 물기를 따라내고 우거지와 무청을 더해서 고춧가루와 양념을 넣고 버무려 김치통에 담아 익힌 후에 찌개를 끓인다.

즉석 무김치

재료 무 키로 (소금 2큰술, 설탕 4큰술, 식초 5큰술, 물 1/2컵) | 1.5큰술, 진간장 1큰술, 설탕 2.5큰술, 물엿 1큰술, 다진 파 2큰술, 다진 마늘 1큰술, 식초 2큰술, 소금 1/2 작은술, 통깨 2큰술

물오징어 2마리

양념장 : 홍고추 2개 (물 1/3컵), 고춧가루 7큰술, 까나리액젓

담그는 법

1 무는 1.5cm 굵기 4cm 길이로 썰어 분량의 물, 소금, 설탕, 식초, 물에 6~7시간 정도 절여 꼭 짠다.

2 물오징어는 끓는 물에 데쳐 무와 비슷한 크기로 썰어 둔다.

3 홍고추를 물과 함께 곱게 갈아 분량의 양념들을 섞어 절인 무와 썬 오징어를 버무린다.

얼갈이 김치

재료

얼갈이 배추 2kg (물 2컵, 절임 소금 1컵)

부추 200g

찹쌀풀 2컵 (물 2컵, 찹쌀가루 2 큰술)

홍고추 100g

고춧가루 1컵

다진 마늘 80g

다진 생강 20g

멸치액젓 1/2컵

소금

담그는 법

1 얼갈이배추는 포기째로 깨끗이 씻어 소금을 고루 뿌리고 물도 덧뿌려주어 2~3시간 동안 나른하게 절여 헹구어 건진다.

2 찹쌀풀의 재료를 분량대로 섞어 풀을 묽게 쑤어 식힌 후 액젓과 고춧가루, 다진 마늘, 다진생강을 고루 섞는다.

3 부추는 다듬어 씻어 4cm 길이로 썰어 찹쌀풀 양념에 살살 섞어 잠시 두어 절인다.

4 부추가 살짝 절여지면 얼갈이배추를 한데 넣어 버무려 김치통에 가지런히 담아 익힌다.

얼갈이 김치는?

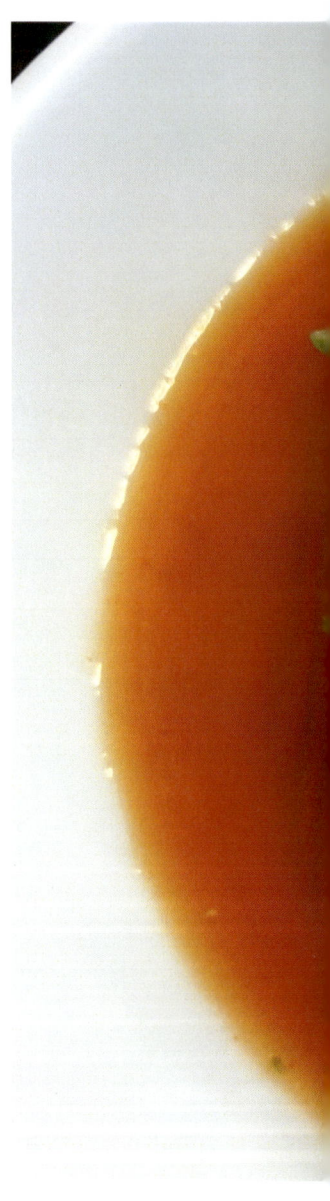

얼갈이배추는 결구가 반 만 되는 반결구배추
로 주로 김장배추김치를 먹지 않을 때 많이 담
가 먹는 김치의 재료이다. 오래 두고 먹을 수 있
는 김장김치와는 달리 짧은 기간에 맛있게 익
혀 먹기에 좋다. 열무와 함께 섞어 담가도 맛있
는 맛을 낼 수 있다.

오이소박이

재료		
백오이 5개 (물 5컵＋소금 5큰술＋설탕 2큰술)	마늘 30g	
부추 150g	생강 10g	
고춧가루 2/3컵	쪽파 30g	
홍고추 1개	배 1/4개	
무 50g	새우젓 1/4컵	

담그는 법

1 백오이는 소금으로 문질러 씻어 칼집을 6~7cm 길이로 썰어서 열 십자로 칼집을 넣어 소금물에 1시간 정도 절인 후 맑은 물에 헹궈 건져 물기를 빼둔다.

2 부추와 쪽파는 0.5cm 길이로 송송 썰고, 홍고추, 무, 배는 잘게 썰어 둔다.

3 새우젓과 마늘, 생강은 곱게 다져둔다.

4 준비한 소의 재료를 고루 버무려 절인 오이에 소로 채워 넣고 김치통에 담아 익힌다.

통오이 물김치

재료		
	백오이 600g	멸치액젓 1큰술
	쪽파 40g	설탕 5g
	고춧가루 15g	매실발효액 40g
	마늘 30g	절임 소금물 : 물 1컵, 소금 20g,
	생강 7g	설탕 5g
	양파 40g	찹쌀풀물 : 물 200g, 찹쌀가루
	소금 1큰술	10g

담그는 법

1 오이는 길이로 반을 갈라 썰어 껍질 쪽에 어슷어슷 칼집을 넣은 후 절임 소금물에 절인다.

2 쪽파는 반으로 썰어 둔다.

3 찹쌀가루를 물에 풀어 끓여 식힌 다음 마늘, 생강, 양파, 고춧가루를 넣고 블렌더에 곱게 간다.

4 양념 풀물에 소금, 설탕, 멸치액젓, 매실 발효액을 섞어 국물을 만들어 쪽파를 통째로 미리 넣어둔다.

5 홍고추는 씨를 빼고 4cm 길이로 곱게 채 썰어 둔다.

6 오이가 부드럽게 휠 정도로 잘 절여지면 건져서 김치통에 넣고 쪽파와 양념 풀 물을 부어 익힌다.

고추소박이

재료		
풋고추 30개 (물 5컵+소금 5큰술)	양파 1/4개	
고춧가루 80g	마늘 20g	
홍고추 3개	생강 5g	
부추 50g	새우젓 15g	
쪽파 30g	설탕 10g	
무 100g	국물 : 물 1컵, 고춧가루 1작은술, 다진 마늘 1작은술, 간 생강 1/4작은술, 멸치액젓 1큰술	
배 1/4개		

담그는 법

1 풋고추는 맵지 않은 것을 선택하여 칼집을 길게 한 면에 만 넣어 씨를 빼내고, 소금물에 한 시간 정도 절인 후에 맑은 물로 헹구어 망체에 건진다. (10분 정도)
2 부추와 미나리, 쪽파는 0.5㎝ 길이로 송송 썰고, 홍고추, 무, 배, 양파는 거칠게 다져둔다.
3 새우젓, 마늘, 생강은 곱게 다져둔다.
4 국물의 재료들을 섞어 망체에 걸러 둔다.
5 준비한 소의 재료를 고루 버무려 절인 고추에 소로 넣어

김치통에 담고, 자작하게 국물을 부어 익힌다.

돌나물 물김치

재료		
돌나물 600g (절임소금 70g)		김칫국물 : 숭늉 7컵, 고춧가루
무 200g (절임소금 30g)		1/2컵, 다진 마늘 80g, 다진 생
대파 1뿌리		강 20g, 소금
홍고추 2개		

담그는 법

1 돌나물은 깨끗이 씻어 소금에 살짝 절인다.

2 무는 1×4×0.3cm 크기로 일정하게 썰어 소금에 살짝 절인다.

3 누룽지에 물을 붓고 끓여 숭늉을 구수하게 만들어 맑게 걸러 식힌다.

4 고춧가루와 다진 마늘, 다진 생강을 베보자기에 싸서 식힌 숭늉에 우려내어 김칫국물을 만든다.

5 홍고추는 얇게 포를 떠서 3cm 길이로 가늘게 채를 썰고, 대파는 흰 부분만 같은 길이로 채 썬다.

6 절인 돌나물과 무를 섞어 채 썬 대파, 홍고추 채를 섞고 베보자기에 거른 국물을 붓고 간을 맞춰 김치통에 넣어 익힌다.

봄채소 버무림 김치

재료

얼갈이 500g(절임 소금 50g)

돌나물 50g

세발나물 30g

씀바귀 20g

돌미나리 20g

홍고추 10g

버무림 양념 : 토마토 200g, 딸기 50g, 보리밥 40g, 마늘 25g, 생강 5g, 고춧가루 30g, 까나리 액젓 40g, 매실발효액 10g, 쪽파 30g

담그는 법

1 얼갈이배추를 절임용 소금으로 살짝 절인 후 냉수에 헹궈 건져 둔다.

2 봄 채소인 돌나물, 세발나물, 씀바귀, 돌미나리를 씻어서 물기를 빼둔다.

3 홍고추는 씨를 빼고 3㎝ 길이로 가늘게 채 썰어 둔다.

4 쪽파는 3㎝ 길이로 썰어 둔다.

5 버무림 양념을 한데 섞어 블렌더에 곱게 갈아서 고춧가루와 썰어 둔 쪽파를 넣어 섞는다.

6 만든 양념에 봄 채소를 넣어 살살 버무린다.

7 절여 건져 둔 얼갈이 갈피에 버무린 봄 채소를 듬뿍 소로

채워 완성하고 김치통에 담아 익힌다.

봄채소 버무림 김치는?

절인 얼갈이배추를 5cm 길이로 썰어서 봄 채소
와 함께 버무려 담가도 좋다.

여름무 동치미

재료

무 1kg

쪽파 50g

홍고추 3개

마늘 6톨

생강 2톨

동치미국물 : 물 15컵, 소금 1/2
컵

담그는 법

1. 무는 1.5×5×0.3cm 크기로 썰고, 쪽파는 잘 다듬어 씻은 후 타래를 지어 둔다.
2. 홍고추는 어슷어슷 썰어 씨를 빼두고, 마늘과 생강은 얇게 저며 면 주머니에 넣어 묶어둔다.
3. 김치통에 쪽파와 면 주머니를 깔고 홍고추를 넣고 썬 무를 담고 소금 간을 맞춘 국물을 부어 익힌다.

참외 김치

재료

덜 익은 참외 10개

고춧가루 1/2컵

대파 흰부분 30g

쪽파 20g

다진 마늘 30g

간 생강 7g

새우젓 30g

멸치액젓 30g

소금

담그는 법

1 참외는 껍질을 벗기고 숟가락으로 씨를 훑어내어 길이로 8~10쪽으로 썰어 둔다.

2 썬 참외에 고춧가루를 넣어 고루 버무려 둔다.

3 대파와 마늘, 생강은 곱게 다지고 쪽파는 다듬어서 5cm 길이로 썰어 고춧가루 버무린 참외에 섞는다.

4 새우젓과 멸치액젓으로 고루 버무려 간을 맞추고, 부족한 간은 소금으로 한다.

5 참외 김치를 김치통에 눌러 담고 익힌다.

* 사진: 참외김치

양배추 말이김치

재료		
	양배추잎 (大) 5장 (소금 1/3컵)	대파 흰 부분 50g
	오이 5개 (소금 1/2컵)	마늘 30g
	무 200g	생강 7g
	고춧가루 1.5컵	새우젓 1/3컵
	부추 50g	김칫국물 : 물 1컵, 소금 1작은술

담그는 법

1 양배추는 넓게 절여 씻어두고, 오이는 길이로 십자 칼집을 넣어 소금에 절여 꼭 짜둔다.

2 무는 가늘게 채 썰어서 고춧가루를 버무려 둔다.

3 부추는 0.5cm 길이로 송송 썰고, 대파 흰 부분과 마늘, 생강은 곱게 다져둔다.

4 고춧가루를 버무려 둔 무채에 썰고 다진 양념을 더하고 새우젓도 다져 넣어 버무려 소를 만들어둔다.

5 오이에 양념소를 넣어 둔다.

6 남은 양념소를 양배추에 고르게 바르듯 깔고 오이를 놓고 돌돌 말아 김치통에 차곡차곡 담는다.

7 김칫국물을 만들어서 붓고 눌러 익힌다.

양배추 김치

재료		
양배추 500g	다진 마늘 3큰술
오이 2개	다진 생강 2작은술
고춧가루 2/3컵	새우젓 3큰술
쪽파 50g	매실청 3큰술
부추 30g	소금 1큰술

담그는 법

1 양배추는 밑동을 잘라내고 속을 판 다음 찬물에 담가두었다가 3cm 정사각형으로 썰어 둔다.

2 오이는 소금으로 비벼 씻은 후 길이로 반을 가르고 2cm 길이로 썬다.

3 쪽파와 부추는 다듬어 씻은 후 3cm 길이로 썬다.

4 양배추를 넓은 볼에 담고 고춧가루를 넣고 고춧가루가 고루 묻을 수 있도록 까부른다.

5 썬 오이, 부추, 쪽파와 나머지 양념류를 양배추에 더해 고루 버무린다.

6 부족한 간은 소금으로 하여 김치통에 담아 익힌다.

양파김치

재료

양파 1kg	다진 마늘 100g
소금 1/4컵	다진 생강 25g
설탕 2큰술	멸치액젓 1/3컵
고춧가루 1.5컵	찹쌀풀물 1컵 : 양파절임물 1
쪽파 100g	컵, 마른 찹쌀가루 2큰술

담그는 법

1 양파는 가로세로 3cm 크기로 썰어서 소금과 설탕을 뿌려 30분 정도 뒤적이며 절여둔다.

2 양파가 부드럽게 절여지면 절인 물을 따라내고 고춧가루로 버무려 둔다.

3 따라낸 절임 물과 찹쌀가루를 섞어 풀을 쑤어둔다

4 찹쌀풀이 식으면 액젓과 다진 마늘, 다진 생강을 섞어서 고루 버무린다.

5 쪽파는 3cm 길이로 썰어 절인 양파에 넣고 양념을 넣고 고루 버무려 김치통에 담아 익힌다.

양파물김치

재료		
	양파 1kg	생강 20g
	무 400g	붉은고추 5개
	오이 2개	물 10컵
	쪽파 150g	절임 풀물 : 물 5컵, 찹쌀가루
	마늘 80g	2/3컵, 소금 7큰술

담그는 법

1 양파는 먹기 좋은 크기로 썰고, 무와 오이는 나박나박 썰어 둔다.

2 마늘과 생강은 얇게 저며 썰고, 붉은 고추는 씨를 빼고 어슷어슷 썰어서 양파, 무, 오이와 섞어둔다.

3 절임 풀물을 쑤어 따끈할 때 섞어둔 채소에 고루 뿌려 절여둔다.

4 채소가 나른하게 절여지면 물을 기호에 따라 부어 간을 맞추고 익힌다.

깻잎김치

재료 깻잎 300장

양념장 : 찹쌀풀 2컵 (물 2컵, 찹쌀가루 1/2컵), 멸치액젓 1/2컵, 고춧가루 1/2컵, 설탕 3큰술, 채썬 파 1/2컵, 채썬 마늘 1/4컵, 채썬 생강 1큰술, 통깨 1큰술

담그는 법

1 깻잎을 깨끗이 씻어 물기를 거두어 둔다.
2 찹쌀풀을 끓여 식혀 멸치액젓 등 양념을 고루 섞어 깻잎을 다섯 장씩 겹쳐놓고 켜켜로 뿌려 재워 익힌다.

부추깍두기

재료	부추 500g	생강 1큰술
	무 1kg	설탕 1큰술
	고춧가루 1컵	멸치액젓 1/2컵
	다진 대파 5큰술	새우젓 3큰술
	다진 마늘 5큰술	

담그는 법

1 부추는 다듬어 씻어 멸치액젓으로 절여둔다.

2 무는 2×4×0.5㎝ 크기로 썰어 고춧가루로 버무려 둔다.

3 고춧가루가 잘 퍼진 무에 다진 대파 5큰술, 다진 마늘 5
   큰술, 생강 1큰술, 설탕 1큰술을 넣어 버무린다.

4 절인 부추를 무의 양념 국물에 넣어 버무려 타래를 지어
   김치통에 켜켜로 담아 익힌다.

부추김치

재료

부추 500g

묽은 찹쌀풀 1/4컵

생멸치젓국 2/3컵

고춧가루 1/2컵

다진 마늘 40g

다진 생강 10g

설탕 10g

통깨 2큰술

담그는 법

1 부추는 깨끗이 다듬어 씻어서 물기를 빼둔다.

2 생 멸치젓국에 찹쌀풀을 더해 고춧가루와 다진 마늘, 다진 생강, 설탕을 넣어 버무려 둔다.

3 양념의 고춧가루가 부드럽게 불면 물기 빠진 부추를 넣고 살살 버무려 완성한다.

보리밥 열무물김치

재료

열무 700g (절임소금 2/3컵)

얼갈이배추 300g (절임소금 1/3컵)

쪽파 100g

양파 100g

홍고추 200g

마늘 80g

생강 20g

새우젓 1/4컵

까나리액젓 1/2컵

고춧가루 1/2컵

보리물 : 물 13컵, 불린 보리쌀 1컵, 소금 1/3컵

담그는 법

1 열무와 배추는 다듬어 5cm 길이로 잘라 깨끗이 씻는다. 자르지 않고 씻어도 좋다.

2 씻은 열무와 배추는 소금으로 1시간 정도 뒤적이며 절여 건진다.

3 불린 보리쌀은 물을 붓고 푹 무르게 삶아 블렌더에 곱게 갈아 국물을 준비해 둔다.

4 쪽파는 다듬어 4cm길이로 썰고, 양파는 가늘게 채썰어 둔다.

5 블렌더에 씨를 뺀 홍고추와 마늘, 생강, 새우젓, 까나리액

젓을 넣고 곱게 갈아 양념을 만든다.

6 절여서 건진 열무와 얼갈이에 쪽파, 양파를 넣고 간 양념을 섞어 버무린다.

7 고춧가루를 기호에 맞게 더 추가하고 보리쌀 삶은 물을 부어 소금으로 간을 맞추고 익힌다.

상추김치

재료

상추 1kg(소금 1/4컵)	간 생강 5g
고춧가루 2/3컵	설탕 1큰술
실고추 2g	멸치액젓 1/2컵
다진 마늘 30g	통깨 1큰술

담그는 법

1 상추는 동이 선 것을 선택하면 좋으나 구하기 어려우면 잎사귀만 소금에 살짝 절여 씻어 건져 둔다.

2 멸치액젓에 고춧가루와 실고추, 다진 마늘, 간 생강, 설탕을 더해 고루 섞어 둔다.

3 고춧가루가 불으면 절인 상추에 넣고 살살 버무려 김치통에 넣어 익힌다.

토마토김치

재료

단단한 토마토 500g

양파 100g

고춧가루 2큰술

쪽파 30g

다진 마늘 1작은술

생강청 1큰술

까나리액젓 2큰술

소금

담그는 법

1 단단한 토마토를 선택해서 깨끗이 씻은 후 꼭지를 제거하고 4~8 등분한다. (토마토는 살짝 덜 익어도 괜찮음)

2 양파는 가늘게 채를 썰어 둔다.

3 쪽파는 송송 썬다.

4 버무릴 볼에 고춧가루, 쪽파, 다진 마늘, 생강청, 까나리액젓을 더해 양념장을 만든다.

5 썬 토마토와 양파를 양념에 넣고 살살 버무려 김치통에 담아서 익힌다.

청경채김치

재료		
청경채 1kg (소금 1/2컵, 물 1컵)	홍고추 3개	
고춧가루 1/2컵	마늘 20g	
묽은 찹쌀풀 2컵 (물 2컵, 건조 찹쌀가루 1큰술)	생강 5g	
쪽파 20g	사과 1/2개	
양파 100g	멸치액젓 1/2컵	
	매실청 1큰술	
	소금	

담그는 법

1. 청경채는 씻어서 소금과 물을 뿌려 1시간 정도 푹 절인 후에 헹궈 건져 둔다.
2. 묽은 찹쌀풀을 분량대로 섞어 끓여 식혀 둔다.
3. 쪽파는 3cm 길이로 썰어 두고, 양파는 가늘게 채를 썰어 둔다.
4. 홍고추는 씨를 빼고 3cm 길이로 가늘게 채를 썰어 둔다.
5. 마늘, 생강, 사과를 멸치액젓과 함께 블렌더에 간다.
6. 간 재료에 고춧가루, 묽은 찹쌀풀, 썬 쪽파와 양파, 홍고추를 더해 잘 어우러지게 잠시 둔다.

7 6의 양념에 청경채를 더해 버무려서 소금으로 간을 맞추
고 김치통에 담아 익힌다.

2장 :

—————————————————— 겉절이

배추 겉절이

재료		
	배추속대 300g (물 1컵, 소금 50g)	새우젓 15g
	호박죽 : 호박 100g, 불린 찹쌀 20g, 물 100g	쪽파 80g
	고춧가루 30g	다진 마늘 20g
	멸치액젓 10g	다진 생강 5g
		홍고추 1개
		통깨 10g

담그는 법

1 배추속대 300g을 소금물에 절여 헹궈둔다.

2 호박과 불린 찹쌀을 블렌더에 간 뒤 저으며 끓여서 풀을 쑨다.

3 쪽파는 3㎝ 길이로 썰고, 홍고추는 씨를 빼고 어슷어슷 썰어 둔다.

4 고춧가루, 멸치액젓, 새우젓, 썬 쪽파, 다진 마늘, 다진 생강, 홍고추를 넣어 김치 양념을 만든다.

5 절인 배추속대를 먹기 좋게 찢어서 양념을 넣고 함께 버무리고 통깨를 뿌려 완성한다.

얼갈이 생채

재료

얼갈이 200g

달래 80g

오이 1개

배 1/2개

양념 : 진간장 4큰술, 물 2큰술, 설탕 1큰술, 다진 대파 1.5큰술, 다진 마늘 2작은술, 참기름 2작은술, 깨소금 2작은술, 고춧가루 1큰술, 식초 1.5큰술, 실고추 약간

담그는 법

1 얼갈이는 여린 속 부분을 선택하여 깨끗이 씻은 후 5㎝ 길이로 썰어 둔다.

2 달래는 다듬어 씻은 후 5㎝ 길이로 썰고, 오이는 길이로 반을 갈라 어슷 썬다.

3 배는 껍질을 벗기고 얇게 저며 비슷한 크기로 썬다.

4 오이는 깨끗이 씻어 길이로 길게 갈라서 어슷어슷 썬다.

5 양념을 분량대로 섞어서 양념장을 만들어 둔다.

6 먹기 전에 준비한 채소를 모두 섞고 양념장으로 버무려 낸다.

무생채

재료

무 200g,

고운 고춧가루 1큰술

물 2큰술

소금 1.5큰술

생강즙 1/2작은술

식초 1.5큰술

설탕 1.5큰술

담그는 법

1 무를 6cm 길이로 굵직하게 채 썬다.

2 고운 고춧가루와 물을 섞어 면 보자기에 짜서 무채와 고루 버무려 고운 빛깔을 다.

3 소금과 생강즙, 식초, 설탕을 추가로 더 넣고 잘 버무려 완성한다.

더덕생채

재료　깐 더덕 200g (소금 1/2큰술+물 1컵)

고운 고춧가루 1작은술

홍고추 1/4개

양념 : 고추장 2큰술, 설탕 1큰술, 다진 파 2작은술, 다진 마늘 1작은술, 참기름 2작은술, 깨소금 2작은술, 식초 1큰술

담그는 법

1. 더덕은 껍질을 벗겨 소금물에 담가서 부드럽게 한 후 방망이로 두드려 곱게 찢는다.

2. 홍고추는 얇게 포를 떠서 3cm 길이로 고운 채를 썰어 둔다.

3. 잘게 찢은 더덕을 고운 고춧가루로 버무려 빛깔을 낸 후, 양념을 모두 섞어 넣어 무친 다음 홍고추 채를 섞어준다.

도라지생채

재료　도라지 300g (따뜻한 물 1컵, 소　　다진 파 1.5큰술
　　　　　금 1큰술)
　　　　　　　　　　　　　　　　　　　다진 마늘 2작은술
　　　　　고추장 4큰술
　　　　　　　　　　　　　　　　　　　깨소금 1큰술
　　　　　설탕 1큰술
　　　　　　　　　　　　　　　　　　　식초 1/2큰술

담그는 법　1　도라지는 따듯한 소금물에 주물러 곱게 찢은 후 냉수에
　　　　　　　　헹구어 꼭 짜 둔다.
　　　　　　　2　손질한 도라지에 분량의 양념을 더해 조물조물 무친다.

오이생채

재료

오이 2개 (소금 1큰술)

양념장 : 고춧가루 1.5큰술, 설탕 1큰술, 다진 파 2큰술, 다진

마늘 1큰술, 간 생강 1/4작은술, 깨소금 1큰술, 식초 1큰술

담그는 법

1 오이는 소금으로 비벼 깨끗이 씻은 후 3㎜ 두께의 원형으로 썰어 소금에 절인다.

2 양념장은 분량대로 고루 섞어둔다.

3 오이가 나른하게 절여지면 꼭 짜서 미리 섞어둔 양념장으로 무쳐 완성한다.

3장 :

김치활용 요리

평양냉면

재료

메밀냉면 400g

쇠고기 (양지머리) 400g

돼지고기(삼겹살) 200g, 닭고기 500g

동치미 무 100g

오이 1/2개 (소금 1/3작은술)

배 1/2개

달걀 4개

갠겨자 2큰술

육수의 방향채소 : 양파 1개, 대파 1뿌리, 마늘 6쪽, 생강 1쪽

닭고기양념 : 참기름 1작은술, 소금 1/4작은술, 깨소금 1작은술, 흰후추 약간

냉면육수 : 동치미국물 4컵＋쇠고기육수 1컵＋돼지고기육수 1컵＋닭고기육수 2컵＋식초 4큰술, 설탕 3큰술, 집간장 2큰술, 소금 1작은술

담그는 법

1 쇠고기, 돼지고기, 닭고기는 각각 대파와 마늘, 생강을 넣고 끓여서 식혀 기름기를 걷어 둔다.

2 냉면 육수를 분량대로 섞어 만들어 차게 둔다.

3 쇠고기와 돼지고기는 얇게 편육으로 썰고, 닭고기는 살만 굵게 뜯어서 닭고기 양념으로 무쳐둔다.

4 배는 나붓하게 썰어 둔다.

5   달걀 두 개는 얇게 지단을 부쳐 가늘게 채 썰어 두고, 두 개는 삶아둔다.

6   오이는 길게 반을 갈라 어슷 썬 후 소금에 살짝 절여 짜둔다.

7   메밀 면은 삶아서 냉수에 헹군 후 사리를 지어 둔다.

8   면 그릇에 사리를 넣고 고명으로 쇠고기, 돼지고기 편육, 닭고기 무침, 동치미무, 오이, 배, 달걀지단 채와 삶은 달걀을 얹고 육수를 붓고 겨자장을 곁드려 낸다.

9   식초와 설탕은 기호에 맞게 맛을 낼 수 있도록 함께 낸다.

* 냉면의 제맛을 내려면 잘 익은 동치미 국물이 더해져야 합니다. 가을에 담근 동치미로 오랜 시간 숙성된 김치가 있으면 좋지만, 없을 경우에는 여름무 동치미를 담가 빠른 시간에 익혀서도 냉면에 활용할 수 있다.

김치죽

재료

불린쌀 1컵

통배추김치 200g

소고기 50g

물 10컵

소고기 양념장 : 진간장 1작은술, 다진 파 1작은술, 다진 마늘 1/2작은술, 참기름 1작은술, 후춧가루 약간

담그는 법

1 배추김치는 양념을 털어내고 송송 썰어서 김칫국물을 살짝 짜준다.

2 소고기 양념장을 분량대로 섞어둔다.

3 소고기는 곱게 다져서 양념장으로 양념을 한 후 두꺼운 냄비에 넣고 볶는다.

4 소고기를 볶다가 김치와 불린 쌀도 더해서 볶는다.

5 분량의 물을 붓고 주걱으로 저으며 끓인다.

6 쌀이 부드럽게 퍼지고 맛이 잘 어우러지면 부족한 간은 소금으로 하고 완성그릇에 퍼 담는다.

＊ 입맛이 없고 소화가 잘 안될 때 쑤어 먹으면 좋다.

김치 돌솥비빔밥

재료

쌀 3컵

통배추 김치 400g

돼지고기 목살 150g

참기름 1큰술

다진 마늘 1/2큰술

마른 다시마 4g

물 3컵

양념장 : 진간장 3큰술, 물 3큰술, 다진 파 2큰술, 다진 마늘 1큰술, 참기름 2큰술, 깨소금 2큰술, 후춧가루 약간, 고춧가루 1/2큰술, 다진 홍고추 1개

담그는 법

1 분량의 쌀은 씻어서 30분쯤 불려 망체에 건져 둔다.

2 돼지고기 나붓하게 썰고 김치도 4cm 길이로 굵게 채 썬다.

3 다시마는 3cm 크기로 잘라둔다.

4 양념장의 분량대로 재료를 섞어둔다.

5 돌솥(두꺼운 냄비도 가능)에 참기름 1큰술과 다진 마늘 1/2큰술을 넣고 볶다가 돼지고기와 김치를 넣고 볶는다.

6 돼지고기가 반쯤 익으면 불려 건져 둔 쌀을 넣고 볶는다.

7 분량의 물과 다시마를 넣고 뚜껑을 닫아 센 불로 한소끔 끓인 뒤 약 불로 7분 정도 뜸 들인다.

8 다 된 밥을 살살 섞어 비빔밥 그릇에 퍼 담고 양념장을 만

들어 곁들인다.

*작은 돌솥에 개인용으로 나누어 밥을 지어도 좋다.

알타리김치 김밥

재료

밥 400g

조미김 전장 2장

김밥용 구운 김 2장

잘 익은 알타리무김치 2뿌리

달걀 2개

스팸 80g

밥 양념 : 참기름 1/2큰술, 소금 약간

담그는 법

1 따뜻한 밥은 참기름과 소금으로 비벼둔다.

2 알타리무김치의 무는 1.5cm 굵기로 길게 썰어 둔다. 무청도 있으면 준비한다.

3 달걀은 풀어서 소금 간을 살짝 하고 달걀말이를 해서 길게 2줄로 잘라둔다.

4 스팸은 무와 비슷한 굵기로 길게 썰어 끓는 물에 데쳐 둔다.

5 김발 위에 김밥용 구운 김과 조미김을 겹쳐서 펴놓고 김의 2/3넓이 만큼 밥 200g을 펼쳐둔다.

6 밥 위에 알타리무(무청도 함께), 달걀, 스팸을 차례로 놓고 돌돌 말아 1.5cm 두께로 썰어 완성한다.

＊ 알타리김치의 무뿐만 아니라 잘 익은 통배추김치나 무김치는 다 활용할 수 있다.

김치만두

재료

배추김치 200g

돼지고기 200g

새우살 100g

두부 100g

숙주 50g(소금 1/2작은술)

만두피 30장

돼지고기 새우살 양념 : 소금 1/2작은술, 설탕 1큰술, 다진파 1큰술, 다진마늘 1/2큰술, 참기름 1큰술, 깨소금 1/2큰술, 후춧가루 1/5작은술

담그는 법

1 돼지고기와 새우는 곱게 다져서 분량의 양념으로 맛을 내어 둔다.

2 배추김치는 소를 털어내고 곱게 다진 후 김칫국물을 짜낸다.

3 두부는 곱게 으깨어 국물을 짜둔다.

4 숙주는 옅은 소금에 버무려 절여 꼭 짜고 길이를 두세 번 자른다.

5 준비된 재료들을 고루 섞어 만두소를 만든다. 부족한 간은 소금으로 한다.

6 만두피에 소를 넣고 빚어서 김이 오른 찜통에 10분간 쪄

낸다. (만두의 크기에 따라 시간을 조절한다.)

＊김치만두는 만든 그대로 쪄서 먹어도 좋지만, 기름에 지지거나 육수
에 넣고 만둣국을 끓이고 떡만둣국을 끓여서도 먹을 수 있는 맛과
영양을 갖춘 식품이다.

묵은지 찜

재료	묵은지 1/2포기 (800g~900g)	다진 마늘 3큰술
	돼지등뼈 1.5kg (생강청 3큰술, 소주 3큰술)	멸치액젓 3큰술
		집 간장 1.5큰술
	김칫국물 1컵	대파 1뿌리
	고춧가루 3큰술	다시마 우린 물 5컵

담그는 법

1 묵은지는 길이로 반을 잘라둔다.

2 돼지등뼈는 냉수에 담가 3시간 정도 우려 핏물을 빼둔다.

3 핏물을 뺀 돼지등뼈에 끓는 물을 뿌려 살짝 튀 해낸다.

4 튀 한 돼지등뼈에 생강청과 소주를 뿌려 잠시 재워둔다.

5 대파는 큼직하게 어슷어슷 썰어 둔다.

6 밑이 넓은 냄비에 묵은지 1/4 쪽을 먼저 깔고 돼지등뼈와 또 묵은지를 얹고 김칫국물과 다시마 물을 붓는다.

7 냄비에서 국물을 2컵 덜어내어 고춧가루, 다진 마늘, 멸치 액젓, 집 간장, 썬 대파를 섞어 다시 붓고 1시간 30분 정도 푹 끓인다.

* 묵은지 찜을 할때에 돼지 등뼈 이외에 돼지고기 목심이나 사태, 그

리고 고등어 등의 등 푸른 생선을 활용할 수 있다.

김치찌개

재료

묵은지 700g

오겹살 돼지고기 350g

두부 200g

대파 1뿌리

김칫국물 1/2컵

멸치육수 5컵

돼지고기 양념 : 집간장 1큰술, 멸치액젓 1큰술, 다진 마늘 2큰술, 고춧가루 4큰술, 조미술 1큰술, 후춧가루 1/4작은술

담그는 법

1 묵은지는 폭을 2~4 등분하고 4~5cm 길이로 썰어 둔다.

2 오겹살은 한입 크기로 도톰하게 썰고 돼지고기 양념으로 조물조물 무쳐둔다.

3 두부는 한입 크기로 도톰하게 썰어 두고, 대파도 어슷어슷 썰어둔다.

4 밑이 두꺼운 냄비에 멸치육수 1/2컵을 붓고 양념한 돼지고기를 넣어 볶는다.

5 볶는 중간중간 멸치육수를 추가해 가며 볶다가 묵은지도 함께 넣어 볶는다.

6 묵은지가 부드러워지면 남은 멸치육수를 다 붓고 끓인다.

7 맛있게 끓으면 대파와 두부를 추가해서 더 끓인다.

＊김치찌개는 한 번에 많이 끓여야 맛이 있으니 많이 끓여서 한 번 먹을 때마다 덜어서 먹으면 좋다.

열무김치말이 국수(4인분)

재료

잘 익은 열무김치 건더기 200g	소금 1큰술
열무김치 국물 4컵	매실청 1큰술
소면 440g	설탕 2큰술
멸치 다시마 육수 4컵	식초 2큰술
고춧가루 1큰술	

담그는 법

1 잘 익은 열무김치 국물에 멸치 다시마 육수, 고춧가루, 소금, 매실청, 설탕, 식초를 더해서 맛있는 국물을 만들어 둔다.

2 팔팔 끓는 넉넉한 물에 소면을 넣고 삶아서 냉수에 헹궈 건져 사리를 지어 둔다.

3 면 그릇에 국수를 담고, 열무김치를 얹고 만들어 둔 국물을 부어 완성한다.

* 열무김치의 양념과 익은 상태에 따라 국물의 양념을 조절할 수 있습니다.

※사진: 봄채소 버무림 김치

*사진: 호박고구마로 로 맛을 낸 무김치

publisher   instagram

김경미의 김치 레시피북

초판 발행 2025년 12월 12일

지은이 김경미

펴낸이 최대석 **펴낸곳** 행복우물 **출판등록** 307-2007-14호

등록일 2006년 10월 27일

주소 a1. 서울특별시 종로구 종로1길 50 더케이트윈타워 B동 위워크 2층

　　　 a2. 경기도 가평군 경반안로 115

전화 031-581-0491 **팩스** 031-581-0492

전자우편 book@happypress.co.kr

정가 19,500원 **ISBN** 979-11-94192-57-2(03810)